變臉詩

簡政珍／詩集

目次

【自序】

變臉中的詩心

一九九八年我出版《意象風景》時，心中經常有一種想法，那就是：儘量抽離自我，讓意象自身呈現詩的風景。因為抽離，詩作的題目文字儘量縮減。整本詩集中，兩個字為題的詩作共有四十一首，一個字為題的詩作共有二十七首，超過兩個字的詩題只有六首。

我的詩作經常「不說明」題旨，很少有「抽象概念」與情緒的字眼。《意象風景》的詩作更是如此。詩集中，一、兩字的題目大都呈現一個動作或是一個景象，如〈景象〉、〈風景〉、〈之後〉、〈癢〉、〈觸〉、〈幕〉等等。這樣的命題方式，對於任何情境，作者都不作說明，任由讀者想像發揮。

這是我那一段時間「執著」的想法，臺中文化中心出版後，我自己大致看一遍，嘴角不自覺地浮出微笑，心想：這就是我想要的詩集。

但近幾年，偶爾翻閱這本詩集，我將「作者」的意識隱去，以一個過路陌生的讀者看這些詩，閱讀不時讓自己疑惑甚至是驚異。正如上述，我的詩從不說明主旨，純粹以「意象」做「秀」（show），因此，在閱讀時，有好幾首詩雖然意象清楚，但很難掌握整體情境的輪廓。如〈之後〉，這兩個字不免引領讀者自問：「是什麼之後？」「之前發生什麼事嗎？」當讀者陷入如此的疑問時，詩行就可能變成獨來獨往的意象，很難勾勒成詩的情境。閱讀，變成對讀者的考驗，甚至是一種折磨。其實，這首詩與「什麼事的之前與之後」完全無關；如此命題，書寫時只是透露一種心境，一種時間行進中的轉折，一種時間過後可能的演變。但因為題目是「之後」，閱讀可能陷入「什麼事的之前與之後」的泥沼，而錯失這首詩意象的繁花盛景。

兩個字的詩題如此，一個字的詩題更可能會讓讀者置身天馬行空。《意象風景》這本詩集中，不少一個字的詩題是描寫動作，如：望、飄、觸、傾、聽、奔、登、升等等。這是動作本身，沒有其他動作背景、過程的提示。讀者要進入詩的情境也有相當的難度。過去有些讀者說我的詩很難，我經常很疑惑，我的意象大都來自現實人生，意象敘述很清楚，文字很少刻意扭曲造作，怎麼會難呢？但，我現在能體會到一般讀者所感受的「難」。這個「難」可能有兩個原因：一、我的詩不「說明」題旨，因此對於那些想在詩中找主題的讀者，覺得難。二、是《意象風景》獨特的難。意象呈現一種動作「進行中」的狀態，缺乏具體情境的描述或是更明白的暗示。

如此的新發現，並不是對這本詩集感到失望。但重新閱讀中，發現若在題目上略微變動，讓詩題有更完整的敘述內涵，將有非常明顯的效果。〈之後〉那首詩，若是把整首詩的第一行「蟬叫醒夏的時候」當作題目，整首詩的情境就凝聚起來了。把〈景象之三〉改成〈刀劍鏗鏘之後〉，一個戰爭過後的「景象」就了了分明，閱讀馬上能感受到戰爭場面的悲劇。

再者，從一九九八年出版《意象風景》至今，二十五年已經過去了。隔著時間的距離重新看這些詩，不免有新的發現。過去的詩行、意象，有些已經無法面對當下的審視。於是，詩行做一些變動、修改，甚至是大量的改寫，已經是無法避免的命運。能「修改」舊作，也意謂當下已經跨越當時的視野與格局。如上述的〈之後〉，這首詩的第一行是「蟬叫醒夏的時候」，第二行是「正是雲要揮別山頭的時刻」，這次的重新閱讀覺得兩行的結尾「時候」與「時刻」太接近，應該略微調整，最後定稿變成詩題的第一行也改成：「蟬叫醒夏時」。這是意象的甦醒，詩的再生；類似的情形，不勝枚舉。於是，一本「變臉詩」詩集就這樣出現了。

以這個角度重新看其他詩集，也有新的發現。於是，《爆竹翻臉》與《放逐與口水的年代》也有一些詩「變了臉」。另外，二〇〇三年出版的《失樂園》，裡面有一些詩是「九二一」大地震心靈的震盪，而如此的震盪在二〇一九年之後的「新冠病毒」中迴響。有些詩行與意象不自覺地在《變臉詩》裡變成另一首詩。如〈國難〉裡的詩行「清晨，報紙有如訃文」成為一首新作的標題。〈災後〉中第二節變成《變臉詩》中的〈輓歌〉的主要意象。我相信很多讀者跟我一樣，傾向以《變臉詩》中新的詩名與修改過的內容取代舊有的詩作。但對我來說，《失樂園》的〈災後〉不應該被《變臉詩》的〈輓歌〉取代。因為新作並不意謂對舊作的否定，而是以另一種新的面目作為時間落差下空間的迴響。藉由兩首詩的並存，我想呵護那個在兩個現實巨變中「神祕再現」的思緒。

這本詩集分成兩部分，正如標題所示，第二部分是「變臉詩」，第一部分則是全新的創作。整體說來，數十年來的書寫，詩作歷經一些風格的變化，乍看似乎有不同的面目，但詩心正如初心，並沒有變臉。

是為序。

變臉詩

第一輯——光影沒入溪聲

春風的消息

今夜，狗的尿臊味
伴隨季節的芬芳
向妳招手
時間過後
空間無言地吞吐光影
有人打錯電話
無謂的驚喜
讓道歉的尾音引發遐想
天氣涼了
蚊子仍然在皮膚上
留下牠們的印記

今夜，思緒不能為情緒總結
我們都活在間隙中
石縫中的小草
因為狗的尿尿
欲生欲死
季節將盡
既有的風景無法改變顏色
只能期待
明年的春風
不會傳錯了消息

二〇一九年十二月三十日《自由時報》副刊

睡醒之間

要怎樣睡眠
才會有如此的夢境？
流浪狗的吠聲
隨著摩托車追逐月光而去
飢餓的感覺
經書留下空白的扉頁
過飽的想像
變成咒語，變成
遠方羞澀的晨光

午後

白日夢的內容
如同教室外面不再吸水的樹葉
季節未及來臨
就提早落葉
流浪貓的喵聲
引來春天預示的雷雨
當夢境被鄰座的鼾聲打斷
黑板上的文字
提醒這是
不得不的秋涼

鐘聲響起
我們在室外仰望

今晚提早睡醒的星宿
將流落何方？

二〇二三年十月二十三日《自由時報》副刊

又有雨絲了

又有雨絲了
這是你沒有帶去的身影
還是你預留的心思？
我看到高速公路上的野花
沿著翻覆的汽車蔓延開來
但你還在雪泥裡
尋找去年的秋果

曾經承諾翻轉時空的背離
但此時你拖著滿腳的凍瘡
想將塗改的信件

交給一再變臉的浮雲
雲朵飛揚
潤濕臉龐的雨滴
即將引發洶湧的氣流
當下
室內是
晶瑩剔透的琴音
室外是
未來風雨的交響

二〇二〇年十一月二日《自由時報》副刊

浩瀚無涯的星空

樹木留給季節的
是頹廢的花朵
石頭琢磨的
不是展覽室的玉器
春風回憶的
永遠是去年的寒冬

從黑夜醒來
面對的是更長的黑夜
前程在風中招手

迷濛中陷入
太平洋東岸布局的鳥巢
你我都是「覆巢」之下的鳥蛋
因此，我們終於
解決了缺蛋的問題？

因此
分秒過後
我們可能都是
浩瀚無涯的星空

二〇二三年十二月《吹鼓吹詩論壇》第五十五號

【按】據說拜登在演講中透露出滅臺的構想，美國軍方稱之為「覆巢」（Broken Nest）計畫。可察看：https://youtu.be/o8y9ZR7kCKs，希望還沒被刪除。

顏色革命

據說有人一直在地球
調配顏色革命
烏雲一再挑逗雷鳴
去呼應遠方
集束炸彈的回音
黑所吞噬的人間
必然留下腥紅的足跡
這是宇宙自然的定律

當黑已經塗抹了半壁江山
有人讚嘆它的血跡斑斑

有人在顏色的迷陣中甦醒：
色彩是肥皂泡泡中的彩虹
長夜的盡頭就是蒼白
這時，有人瞥見了
泛黃的時光

【按】這是應《中華日報》副刊主編劉曉頤邀請，搭配畫家黃騰輝二〇二四年年曆的一首詩。

不必再等待

二〇二三年六月七日為母親做完告別式後，心中經常閃現她躺臥病床的意象，我終於寫了一首詩。

從時間變成黑洞開始
妳已經不管雷鳴
與蚊子的嗡嗡作響了
我們對妳的呼喚
妳聽到的也許是
歲月的某一次心跳

一切似有似無
如那一條擺盪的鼻胃管
如護理師們的調笑
如島國無動於衷的倫理

妳的一呼一吸
經常驚醒儀器上的數字
經常催促秒針的腳步
妳已經看慣日子輪轉的模式
總是分不清的晨曦或落日
總是寂靜在黑夜尋找回聲
總是在醞釀
妳不留痕跡的微笑

偶爾我會看到妳眼角隱約的淚珠
當生命濃縮成那一滴潮濕
語言不必再呼籲沉默
窗外的人間
是一條等待 PCR 的長龍
妳沒有看到，也不必看
每一個十字路口都閃爍著黃燈
妳不等待，也不再等待

終於，妳吞嚥了
娑婆世界的最後一口氣
一瞬間
妳找回了長期掛失的從容

我在夢裡追尋
妳悠遊虛空的形影
妳似乎有語無聲地說：
「已經七十多年的因緣了，
你不必再等待。」

《創世紀詩雜誌》第二一二期，二〇二二年秋季號

笑看微風吹起漣漪

岳母二〇二三年九月二十一日舉行告別式，我為她寫了這首詩。岳母生性幽默，有時有點小迷糊，非常可愛。在這聲光交織的生活空間裡，我腦中經常閃爍的影像是：一個幾近九十歲的長者，一有空閒，總是在窗口凝神看著佛書。

妳的影子引領陽光
走到時間的邊緣
舉手投足
妳以實相展示虛空
人間是光影的世界
人潮洶湧
畢竟是晨昏起落的微塵
這時，妳所關照的

總是經書如何為浮雲說法
夏蟬的聲音已成秋涼
陽臺上的螞蟻已經進入輪迴
歲月，妳說
盡是一呼一吸中的般若
妳的年歲不再有足跡
但每一個行腳
都在演練風雲的聚散
渡船已經遠去
湖面還在季節間徘徊
妳已在彼岸
笑看微風吹起漣漪

二〇二三年十一月二十日《人間福報》副刊

心湖裡的倒影

你的心事飄成雲霧
雲霧凝結後落入你的心湖
你在心湖中
看不到自己的倒影

假如水往山上流
我們都在諾亞方舟
假如雲在土地上
播撒酸雨的種子
你所收割的情緒
將日夜引發雷鳴

假如顛倒所見的是
真實世界
假如小貓變成老虎後
把貓奴當早餐
假如每天都要吃雞蛋
雞才能生出雞蛋
假如氣球撞落導彈
假如季節
跳脫春夏秋冬的輪迴
你將會看到
心湖裡的倒影

二〇二三年七月五日《中華日報》副刊

望著流雲的魚

乾涸的魚池裡
一群望著流雲的魚
默數著身體剩下的血液
能支撐多久的呼吸
海邊歸來的遊客
正在瀏覽帶有鹹味的菜單
一條魚經過思考後
勇敢地出現在他面前

「你要吃我嗎？」
魚預期遊客訝異的表情

突然一架飛機從雲端轟隆而降
遊客醒轉過來
終於聽清楚了魚悲壯的言語
於是他以綿綿的淚水
滋潤魚微弱的呼吸
這時另一架飛機靜悄悄地
沒入暮色斑斕的雲天
餐廳的招牌霓虹燈
適時地
閃爍了起來

二〇二〇年十二月三十日《人間福報》副刊

清晨

流汗是為了天空可能下雨？
這是夏季傳來遠方海上的訊息
昨日忘記的事物
淪落成書桌上凌亂的銅幣
過去的代價
已被報紙上塗滿油墨的臉孔說盡
播音員淅瀝嘩啦的語音
追隨一部冒著黑煙的公車
轟隆而去
聽慣「早安」此起彼落的音調

電線桿上幾隻小鳥
靜默地探詢季節的蹤跡

二〇二三年九月一日《人間福報》副刊

沸水的心事

水在爐火上
想起一段遨遊的歲月
從山林中走來
彎曲搖擺的姿容
曾經讓一群候鳥
在倒影中忘了歸程
讓暮色纏綿
不再期待晨曦

水感受到
火透過金屬傳達的熱情後
想到自己必須昇華

必須汽化
去解脫愛與痛的糾葛
正如水泡的空與實
正如人們一再演練的戰爭

水在蒸氣中展望雲天
黃昏時
已經化成彩雲的沸水
撞上突來的風暴
回眸驚鴻一瞥
看到溪流倒影中
正在消散的自我

【按】原詩〈沸水的心事〉，《創世紀詩雜誌》第九十九期，一九九四年夏季號，二〇二二年四月十四日定稿。

失眠

空氣嗡嗡作響
電蚊香趕走了所有的睡蟲
意識在世事的臉孔裡翻轉
這是「空生一井」的
他鄉之夜

為了夢境裡的乾旱
窗外水銀燈鋪陳的是
滋養草地的水珠
失眠的緣起
原來是思緒

在現實的裂縫裡
為我營造
極度稀釋的夜色

霧進入
這個黏答答的場景
是為了觀賞
一個分秒間隙裡
輾轉反側的演員
如何調理臺辭
去面對
結結巴巴的明天？

二〇二〇年九月二十一日《中國時報》人間副刊

生日

我是誰？
修行者自我的探問
正如虛空與浮雲交換謎語
潺潺流水聽到了
把答案塞給石縫裡的青苔
飛鳥投下鳥糞後
迷失了東西南北的方向
時間一再滴答滴答
也無濟於事

自我也許隱藏在

蛋糕的奶油裡
燭火閃爍的是風的賀詞
那雨呢？
難道是打完疫苗後
冠狀病毒的淚水？

如今，口罩表情的是
朦朧的鄉音
眼神欲語還休
原來踐踏歲月的
都是跛腳的步伐
昨日滑倒後的疤痕
都已經褪盡了顏色
年年風雨

所要證實的是
今天是
我的生日

《創世紀詩雜誌》第二〇九期，二〇二一年冬季號

由遠而近

由遠而近
火車窸窸窣窣的聲音
穿過雲端的思緒
樹葉隨著風聲變臉
成為心事曲折的江河
去迎接即將蒸發的記憶
去追趕海灣轟隆的曦日

這時，鐵軌
離開朦朧的天色
帶著你稀疏的白髮

穿過乾旱後的暴雨
走進圍城的當下
走入沒有疫苗的城市
走入生離死別的巷弄
走入病毒燦爛的人間

二〇二一年六月二十一日《人間福報》副刊

如歌的行板

乾旱之後
我們仍然穿著
汗水侵蝕過的內衣
破口的內衣
要等黃河之水天上來
正如迎接病毒的是
口舌的虛構

若是虛構
為何死亡的數字
引發午後的閃電與雷鳴？

若不是虛構
承諾的疫苗為何仍在虛空？
承諾絕不斷電
是承諾你在黑暗中
有機會摸索燭光
承諾遠景
是承諾很多人
再也不必見到晨曦
日復一日
承諾的是每天午後
我們都能聽到輕柔的
風言風語

黃昏的天色

隨著樹影騷動
天色例行拉下布幕
能遮掩的是
擺弄各種姿態的名詞
能計算的是
生離死別所營造的
商機

——寫於二〇二一年冠狀病毒嚴峻的時刻
二〇二一年七月二日《聯合報》副刊

我站在鐵軌旁邊

我站在鐵軌旁邊
探索你的方向
這時，寒意湧現
如遠方接續不斷的爆竹
雀鳥吱喳飛過
留下鳥屎
電線抖開平行的對應
正如季節
傾斜的日夜
既然電線不再平行

你會在交叉點上嗎？
鐵軌的震動
是預告你的足跡？
教堂的十字架上
一朵烏雲正在微笑
我一陣驚心
想到你的所在
沒有楓紅
也沒有飛揚的花絮

終於，火車進站了
不必去翻閱人潮的表情
假如你來了
你的腳步

會打開小巷的街燈
會讓我看到
億劫之外
那顆眨眼的星星

二〇二一年四月二十一日《中國時報》人間副刊

芒花——在父親的墓碑旁

季節來臨
我才想到芒草的花絮
已經演練過你的漂泊
微風帶來的
曾經是一個偏安島嶼
所留下的鹹味

只是芒花
三三兩兩的言語
猶如午後打嗝的雷鳴

當年的風雨
在婉轉的溪流裡嘀咕
記憶中稀疏的陽光嘗試安撫斜雨
遠山孤獨地揚起壺嘴
倒出我們
難以沸騰的心意

雀鳥飛過
穿越光影失措的山色
我站立山頭
面對重疊排比的墳墓
突來的狂風
播散芒花滿天的訊息
我強制忍住咳嗽

傾聽遠方漸漸逼近的
嗩吶與人聲

二〇二一年三月十七日《聯合報》副刊

【按】詩中的遠山是金瓜石附近的茶壺山。

空中搖晃的一生

天空蒙起眼睛
不願隨著我的身姿左右搖晃
來自四方的風
堅持要揭穿我飄忽的斗篷
曾經遊走過的山川都在足下湧動
我是瞬間的動盪之源
每一個腳步都是一個驚嘆號
我在虛空收集焦躁的眼神
時間必須在心裡靜止
空間卻早已退卻，不願意
觀賞我的結局

倒立中，我看到
天空烏黑的眼神，我看到
一盞街燈在凝視我的瞳孔，我看到
群眾在掌聲中
迎風墜落，我看到
遠方冠狀病毒
默默的笑聲

二〇一三年十二月二十六日《中國時報》人間副刊

雨季

下雨的季節
有人在河川的上游消失
據說是為了尋找
一頭飢餓的老虎

混濁的河水裡
人們找到一部捷豹
一頭翻臉的豬
一對舞蹈的紅頭蒼蠅
和岸邊
一群喧囂的政客

河水入海處
一隻水中浮沉的熊貓
終於搭上對岸的漁舟
隨著洶湧的潮水
完成了這一生絢麗的
黃昏之旅

《人間魚詩生活誌》第十五期

酸溜溜的倒影

飛鳥已經無法拼湊
山林的五官
不必為了政客晨昏的變臉
演練土石流
人間湧動的
是情緒氾濫後的潮汐
成排煙囪吞吐的
是你我斷續的呼吸

有人把心情交給閃電
雷鳴卻拆開許多伴侶

人聲吵雜如咒語
回應氣象播報員的禱詞
雨應聲而下
在這久旱的湖邊
天空酸溜溜地落下
我的倒影

【按】原名〈雨應聲而下〉，刊於《乾坤詩刊》第一〇一期，二〇二二年春季號。

為了疫情

為了疫情
月亮戴著烏雲的口罩
沒有言語
只能以蒼白的街燈
映照小販斷續的叫賣
回音是暗處
鳥聲的
吱吱
喳喳

為了疫情

十年的約定
無法書寫成一紙契約
時間在紙面上游走
泛黃的燈影
追逐聲音的碎片
不是地震的舞姿
也非口水點燃的煙火
皺紋不是往事的塗妝
對我凝視
你的告白
已瘖啞

二〇二二年二月二十七日《自由時報》副刊

要告訴妳什麼呢？

要告訴妳什麼呢？
這是梅雨季節的心意
黏答答的日子
編織一些遺漏的情節
往事如庭園裡蔓延的蚊子
到處製造痛癢的肌膚
石階已慢慢長出青苔
蓋住了妳曾經滑倒的身影
想在發黃的信函裡
回味妳萬里晴空的影子

但看到的卻是
妳濕淋淋的字跡

要告訴妳什麼呢？
這裡梅雨夾帶口水的病毒
潮濕的言語隱藏笑意
仔細調配確診的數字後
他們說悲歡離合
是人世自然的風景
即使大街小巷的淚水成河
人間畢竟是一場戲劇
地獄為天堂拉開序幕
累積足夠的冤魂後

那個人說：七月
救世主將從高端降臨

——寫於二〇二一年冠狀病毒嚴峻的時刻
二〇二一年六月二十二日《中國時報》人間副刊

朔風吹散三更雪

陽光在牆壁的裂縫裡窺探
我們就要穿越歲末的峽谷了
年節將至
一頭猛獸將從雲霧裡現身
耳語如斷斷續續的爆竹
是雷鳴的前奏？
是年底各種情緒的交響？

相聚的途徑
猶如風雨過後的蜘蛛網
日子是心思雜沓的腳本

爆竹翻臉和遠方的炮聲合韻
妳庭院的足跡似乾未乾
路已經在暮色的邊緣等待
等待朔風吹散午夜的雪花

二〇二二年三月六日《中國愛情詩刊》第一一五〇期

病毒的呢喃

假如生命已經朝著「無生」翻轉
你要在講臺上
對著自己的影子演講歲月嗎？
風扇擺動時語言如秋蟬
經學和考據如氾濫的河水
一面綿長的石牆暗藏
雨絲的窺探

秋在塞外
訴說草原上牛羊的放逐
有些人在暑氣裡思鄉

有些人凝視高樓上
銜接虛空的天線
有些人在縱橫交錯的文字裡
看到自己沾滿口水的名字
有些人在恍惚的鐘聲中
聽到病毒的呢喃

二〇二三年十月《從容文學》第三十五期

宿醉

午後醒來
頭痛提醒昨天的宿醉
有什麼能讓廚房嘔吐的菜餚
回復到草地上的景色
那是童年的聲音嗎
一條水牛在西邊等待夕陽的日子

垃圾桶裡的牛排
在等待蒼蠅嗡嗡的聲音
陽光從牆壁的孔隙滲入
燈光打開時

我將再面對另一個盛宴
素食的日子
在微風中度過辛辣的時光
腸肚裡
不曾空過的風景
在黑暗中
隱約聽到青草上牛的叫聲

一九九八年三月《臺灣詩學季刊》第二十二期

終局

我失去光的垂愛
在幽暗的視野
摸你的臉
而這時，閃電夾帶雨水
想給我一面明鏡
燭火閃爍
我感到熱度左右地搖擺
你也許留下床邊溫暖的影子
給我一個夢
樓梯的足音
引發夏日的蟬聲

雷電照出你水澤中的倒影
風雨不能說明一切
搖擺的燈罩下
一切垂死的禱告
盡是你我的風暴

二〇二三年十月《從容文學》第三十五期

這就是寒冬

電話裡的口舌
在耳膜裡
翻炒一道腸胃翻滾的菜
廁所門縫下
一隻昨日飽食的蟑螂
以抽動的手足交代後事
嘔吐的是非
一切由馬桶總結

銀幕上
閃電比不上烽火的輝煌

機槍為人體做無聲的禱詞
原來喧囂是為了沉默
燈光逐次明亮
有人在座椅下
摸索幾粒掉落的蠶豆
有人以蒼白的表情去洗手間
沖洗記憶

把攪動的思緒，
傾瀉給這一片晦暗的花容
暮色中的桂花
在園燈旁回味季節的餘香
樹影過濾殘餘的光影後
水池中浮雲的消長

豈為人事？

這時
冷風搜刮心情
提醒這就是寒冬

發表於二〇二一年十二月二十四日Facebook詩論壇
刊登於二〇二三年十月《從容文學》第三十五期

光影沒入溪聲

光影沒入溪聲
流水來去
一條褪去的衣裳
隨風張開
如一朵秋後的花朵
在水中落下片片的花瓣

這是一個沒有年月的時辰
妳從水中來
長髮潤濕了
後面那一座遠山

有鳥銜著一根巨大的秒針
飛過

【按】原詩〈景象〉，出自《臺灣詩學季刊》第二十二期（一九九八年三月），二〇二〇年四月十五日定稿。
改寫定稿後，刊登於二〇二三年十月《從容文學》第三十五期。

翻掌時

翻掌時
手紋跑到額頭上
命運在腳心裡
眉毛的尾端
看出塗抹掉的心情
日落準備黑暗後
再嘗試光明

從風中來的
除了殘餘的酸雨外
謊言已經編成兒歌

政客吟唱的
經常是荒腔走板的變奏
閃光燈
並非你我約會時的閃電
因為音響無法偽裝雷鳴

從烏雲來的
終將還原成烏雲
只是多加了幾盆口水
白雲來去
送走了
妳跨海而來的
白日夢

二〇一九年八月一日《人間福報》副刊

等待所謂的晨曦

鴨子呱呱叫
烏鴉共鳴製造了回聲
於是，清晨張開了猶豫的眼神
流水在潺潺中
反思錯過的風景
濺起的水花
是隨著聲音播撒的繽紛

街燈還在回味
昨晚夜歸人身上的酒氣
貓狗瓜分後的垃圾袋

露出一張詭異的信紙
還好行人匆匆趕赴捷運
錯失了一則
可能帶來雷電的新聞

我坐在床上
追憶昨夜恍惚的夢境
有些情節
似乎聚集了驚惶失措的螞蟻
有些表情
似乎在對病毒揮手致意
有些失落的鳥聲
似乎在等待所謂的晨曦

二〇二三年四月二十五日《自由時報》副刊

睫毛擴展眼球的企圖

睫毛擴展眼球的企圖
所謂企圖
是一張稿紙
在跳入垃圾桶前
所留下來的白色影子

躍的姿勢
隨著鎂光燈閃爍
在鏡頭中顛倒翻滾
視野是起伏的浪濤
落地的血跡

渲染一張皺褶的紙
盛開的浪花
全在瞳孔裡收集

唯一遺憾的是
一些聒噪的樂器
在搖擺的海草中
製造濤聲

【按】原詩〈視野〉，出自《創世紀詩雜誌》第一〇〇期，一九九四年秋季號。

遠方有戰爭

爆竹聲響後
回音是遠方的戰爭
迴響的是電話中
你沙啞的耳語：
我要吃素了
突然，窗戶上的雨滴
都靜下來聆聽
突然，院子裡的貓咪
都在感受沉默

遠方有戰爭
心裡的圖像

正在演繹地震土石流
所有林木在灰燼中
追憶隨風而起的花絮
所有的人聲
只剩下政客的口水

遠方有戰爭
一隻兀鷹低空飛過
探望人間洶湧的遊魂
火焰在毀容的屋頂上升大
水在爐火上
想起流水潺潺的歲月

二〇二三年十月《從容文學》第三十五期

第二輯——

變臉詩

就在今夜

貓的瞳孔
是黑夜預謀的寶石
讓闖空門空手而歸的人
突然睜開了充血的眼睛
遠方
流星墜落
一個城市
從千里外的戰場
移植煙火
撩撥灰燼後

一根焦黑的木柴
還在回味油膩的午後
繁星逐次羅列
成為天邊另一個舞臺
劇本還在等待
演員是洗盡鉛華的
明月

【按】原名〈夜景〉，出自《放逐與口水的年代》，二〇二一年十一月十二日改寫。改寫後，發表於二〇二一年十一月二十三日Facebook詩論壇，刊登於二〇二二年三月《吹鼓吹詩論壇》。

輓歌

入夜前，有些白日思緒的殘渣
需要清除，留給夜晚走失的星星
樂音流過高低起伏的街道
這是中古的號角，從磨損的唱針
刻劃出破裂的音符

東西還在尋找定位
馬路飢餓地張開大口
一部掛在斜坡的轎車沒有人認養
據說它嘔吐出來的汽油

差點焚燒了那一片梅雨後的稻田
一個屍體在水中漂流
希望在河口找到靈魂的歸宿
一棵剝了皮的大樹
以滿地的落葉，傳遞即來的
颱風消息

政策是浮動的符徵
每一個路口都暗藏迷宮
你我懼怕的並非咳嗽
而是那些人吐納的病毒
政府仍在媒體剪裁暮色晨曦
死亡的數字
是永遠失眠的黑夜

疫苗的呼籲
是一首綿綿不絕的輓歌

——寫於二〇二一年冠狀病毒嚴峻的時刻

【按】《創世紀詩雜誌》第二〇八期，二〇二一年秋季號。
本詩第二節是《失樂園》〈災後〉第二節的變奏。

清晨，報紙有如訃文

清晨，報紙有如訃文
晨光乍現的是
日以繼夜的惡夢
新聞如卡通，檢驗我們
便祕和拉肚子的能力

我們還能看到明天的臉龐嗎？
梅雨無以冷卻眼球的熱度
文字舔食心靈的滋味
是桂花樹上翻轉的焚風

自從他們把消息冷藏
我們就再也感受不到寒意？

於是，每天午後
他們在螢光幕上
勾勒暗藏玄機的嘴形
為了增加腰圍的脂肪
他們把我們的命運當作蠟燭燃燒
然後，在一個斷電的廳堂裡
微笑地
張貼我們的忌日

要到什麼地方輪迴？
東西南北虛空不可思量

但，我們一定會
循著前世永難遺忘的記憶
去尋找
某一姓氏所滋養的病毒

——寫於二〇二一年冠狀病毒嚴峻的時刻

【按】《創世紀詩雜誌》第二〇八期，二〇二一年秋季號。
本詩第一節是《失樂園》〈國難〉第一節的變奏。

病房的竊竊私語

布簾後
病房的竊竊私語
成為佐飯的言談
總不外乎
今夏的天色已不成節氣
誰家的小孩
又在美國播了種
誰家的小孩
在摩托車呼嘯中
尋找一條遺失的手臂
誰家的小孩

已經在國外取得
「類博士」的學位

玻璃窗外
各種車輛和臉孔
在總統府前面
靜悄悄地走過
風好像不存在
那一面國旗
在灰黃的天空裡
發呆

【按】原名〈病房〉，出自《意象風景》，二〇二二年改寫。
改寫後，刊登於二〇二三年十二月《吹鼓吹詩論壇》第五十五號。

當砲聲翻印成紙張

生在這裡
有多少雨水
能醞釀五月的酒香？
桂花仍留戀
去秋的涼意
花的開放
能遮蔽多少天空？

擺盪在傳說裡的
我們能收回多少土地？
淤積河口的泥沙

擱淺了多少軍艦？
當砲聲翻印成紙張
一個人微笑地
站在石座上，等待
我們每年定期低著頭
走過

【按】原名〈這裡〉，出自《意象風景》，二〇二二年改寫。
改寫後，刊登於二〇二三年十二月《野薑花詩集季刊》第四十七期。

風來了

風來了
石頭能拒絕什麼？
石頭以縫隙中的青苔遮寒
風來了
青苔能抗拒什麼？
當石頭不再擇善固執
風不來了

那一年，很多人在唱
望春風

【按】出自《意象風景》，二〇二二年改寫，二〇二三年六月十八日修改。

一杯半熱不冷的咖啡

一杯半熱不冷的咖啡
面對長途的心路歷程
顏色在燈光下
偽裝一季溫和的節令
有消息
隨著人行道上早衰的葉片
和稀里嘩啦的鳥糞
掉在擋風玻璃上
風景的倒影
有一層過濾後的年輕歲月
從遠處靜默的江濤

到眼前反光的車陣
年齡站在交通號誌下
等待一盞閃爍的黃燈
當城市在灰煙中
迷失了方向

【按】原名〈風景〉，出自《意象風景》，二〇二二年改寫。
改寫後，刊登於二〇二二年十二月二十六日《人間福報》副刊。

從枕頭的異味中醒來

從枕頭的異味中醒來
鳥的叫聲總是早了些
屋簷是日子反光的面目
起身探問鞋子
昨日的走向、今天的流程
鏡子無意製造分裂的人格
總有一邊右傾的思想
夾帶向左偏斜的情感
昨日的是非
或是今日的非是
以什麼樣的姿勢和表情

踩到石階上
流浪狗夾帶血水的糞便？
音樂從地下室關閉的窗戶溜出來
眼前的陽光
能否改變今日的「命運」？

【按】原名〈日子的流程〉，出自《意象風景》，二〇二一年改寫。改寫後，刊登於二〇二三年十月《從容文學》第三十五期。

窗前總有車聲

窗前總有車聲
留下一些驚呼
穿過抵抗力薄弱的玻璃
喚醒從幻想邊陲地帶歸來的眼神
而你映在現實的側影
正在巡行一個隨風飄落的松果
把「偶然」黏貼在
仰首的頸子上

你是否在凝視時光裸露的面目？
聲音製造幻象

一條小舟駛進心裡的風暴
能以閃電照出應走的航道？
洶湧的心結
勢必有人在水中浮沉
而非倒影
而另一個影像
踏著水波而來
手臂張合
是一種布滿歲月烙記的
邀約

岸在遠方陷落
朵朵浪花
即將形成事件

正如窗外匯聚的人潮

【按】原名〈窗前〉，出自《意象風景》，二〇二二年改寫。
改寫後，刊登於二〇二三年十月《從容文學》第三十五期。

千年不變的枴杖

一條雨後泥濘的道路
說不出什麼來路
甫剛露臉的陽光
在毛毛雨中
留一點彩虹
找不到人聲的方向
唯有爆破的香味導引節氣
一群候鳥翻越積雪
帶來寒意
十字路口緊急的煞車聲
目送一部競選宣傳車闖紅燈後

喧騰而去
在這裡
秋涼並未能
逼使行人樹落葉
樹木所堅持的
是一條
千年不變的枴杖

【按】原名〈景象（之二）〉，出自詩集《意象風景》。改寫後，刊登於《創世紀詩雜誌》第二一四期，二〇二三年春季號。

刀劍鏗鏘之後

山勢令人想起
一度虎口的餘香
崢嶸是雲的傾向
有雨的誘姿
山下的隘口
攔截了一些焦黑的柴火
刀劍鏗鏘之後
雷雨之前
有一些平靜在構築危機
有些馬以微弱的嗚嗚
驚走群集的蒼蠅

天隨風變色
暮色是一道難以跨越的關卡
有些人掉了半張臉
仍然瞇著眼仰望未來
有些人抱著即將從手中
溜走的腸子，想省略
黑夜，奔向明天
所有呻吟的節奏
配合歸雁飛翔的姿勢
隨著一句似曾相識的鄉音
在天邊塗抹一些警句：
將有季節性的風雨

【按】原名〈景象（之二）〉，出自詩集《意象風景》，二〇一三年改寫。
改寫後，刊登於二〇一三年十二月《創世紀詩雜誌》第一一七期。

微風留下單調的字詞後

在河岸上等待暮色
魚的醉意使柳條生姿
不能懸掛的細節
微風留下單調的字詞後
都到水裡尋找句點去了
公車踩上草坪，廢氣瀰漫
成為黃昏最好的註腳
閱讀由境生心的心情
這時像一條沒頭沒尾的電線
垂落在地上
觸電的感覺

也許是夢寐以求的那一道白光，道盡
此時此地的黑暗

【按】原名〈景象（又一章）〉，出自詩集《意象風景》，二〇二二年改寫。
改寫後，刊登於二〇二二年九月十九日《聯合報》副刊。

在空中收集仰望

玻璃如碎裂的花瓣
飄升的是
昨日不能在焚化爐消逝的骨灰
遨遊自有天地
眼下旋轉的那片山水
少掉一些牛羊的叫聲
失卻動力的帆船
駛入無波瀾的水域
駛向生之初的一場煙霧
從火中來從火中去
趨近凝結的動作

曾經想要阻止
我人生的腳步
那一聲聲的哭號
一度伴隨黑夜中車燈帶來的槍聲
我為靜夜染上一點色彩
那些瀰漫開來的紅顏
也將在火焰中收回
也許成灰是具體的宿願
撒給眼下的這片青草
且在空中
收集所有的仰望

【按】原名〈飄升〉，出自詩集《意象風景》，二〇二二年改寫。改寫後，刊登於二〇二二年九月二十六日《人間福報》副刊。

火車駛進泛黃的照片

樹頭黃花翻滾
是向日葵遺忘了什麼東西嗎？
一列火車從人潮中
駛進泛黃的照片
汽笛掉落在鐵軌的兩側
童年在這裡撿拾的石粒
都收藏在
對面身姿駭人的水泥牆裡
喉嚨和絲弦一樣瘖啞
合成曲調
有些飄進工地的舞臺上

有些散落在火車站陰暗的角落
有些被這列火車帶走
送給將在滿山墳墓跋涉的
一雙步履

【按】原名〈印象〉，出自詩集《意象風景》，二〇二二年改寫。改寫後，刊登於二〇二三年二月十日《中華日報》副刊。

在防波堤的掩護下

午後，人的汗不知為何而流
翻弄書頁的晨風已經怠倦
當港口的汽笛不再發出警訊
當血肉枯乾
化成守望的石雕
那一聲聲砲響
只在地圖上留下
一塊塊驚心的標記
書寫成冊的
只為折斷的旗幟
一個人的名姓撥弄歷史的韻律

在防波堤的掩護下
我們是否
已忘卻那一度的驚濤
傳說重疊人影的
是狐仙的異味
那一個方士尋著血跡
在東邊海洋的對岸
為這個島嶼增添一顆
火紅的太陽

【按】原名〈午後〉，出自詩集《意象風景》，二〇二三年改寫。改寫後，刊登於二〇二三年十月《從容文學》第三十五期。

焦渴的年代

總有洗衣機收容衣服沾惹的塵埃
缺水的消息
已是經常咀嚼的零嘴
我們都是生長在焦渴的年代
電燈杆上
政客和裸女同一種表情
以口水滋潤灼熱的眼神
這些都是季節性的演出
當布幕在黑暗中拉起
我們看到

一個出生嬰兒
在尋跡回歸母體

【按】原名〈現象〉，出自詩集《意象風景》，二〇二二年改寫。
改寫後，刊登於《人間魚詩生活誌》第十五期。

除夕

這是寒流的時間
所有的孔隙都在招引風
鳥能夠到哪裡去呢
空中飄揚一根輕鬆的羽毛
剛剛開放的桂花落了滿地
一切在水溝裡
隨著廢水翻滾
送走了季節

一切都有次序
當剝離的牆面

定期貼上不同的臉孔
當清潔隊員
定期清掃地上破碎的五官
有人悄悄地說
年的腳步已近了

【按】原名〈歲末〉，出自詩集《意象風景》。
改寫後，發表於二〇二三年一月二十二日Facebook詩論壇，刊登於二〇二三年《吹鼓吹詩論壇》第五十三號。

蚊子扎一針

蚊子扎一針
氣鑽機叫了一聲
皮膚一陣痛癢
水泥土多了幾條生命紋
記憶終於有感覺了
一個出土的古董
對著缺角沉思
塗一點藥水
平息皮膚的騷動
灌一點泥漿
填平可能的怨言

這季節性的陣痛
總有其建設性的一面
一棟摩天大樓
慢慢升起

【按】原名〈癢〉，出自詩集《意象風景》，二〇二三年改寫。
改寫後，刊登於二〇二三年十月《從容文學》第三十五期。

我的飄蕩

流風所及
那一片烏雲在波光下浮沉
我的飄蕩
正如西向的飛機
闖入動亂的雲天
交合的剎那
漢唐的琴音
鼓盪腹內的一句嘯
黑暗預示明日的未來
光潛伏於年月的迴轉

聲光的下面
是對岸，對岸的
遠方是沙漠，沙漠的遠方
是冰雪，冰雪的遠方
是考古隊挖掘出來的
鏽蝕的旗桿

【按】原名〈飄〉，出自詩集《意象風景》，二〇二三年改寫。
改寫後，刊登於二〇二三年十月《從容文學》第三十五期。

顫抖的手指

顫抖的手指
夾一些塵垢給你——
這不願隨指甲屑墜地的
陳年心意

不只是電學問題
毛孔隨著感覺張合
手指過處
倒未引起雷鳴
只在炎夏中
增加幾許涼意

汗漬清洗了
久旱不雨的膚面
觸動的是
心中將欲焚化的文字
之後，我摸到
一個秋

【按】原名〈觸〉，出自詩集《意象風景》，二〇二二年改寫。
改寫後，刊登於二〇二三年十月《從容文學》第三十五期。

我在流體和固體中輾轉

水氣凝成
一塊刻意存在的冰
從虛無中尋求體溫的驟變
從幻影到實體

漸漸地
我感受到消化管道的凍結
凝視鏡子裡
額頭滲出的汗水——
一場冷熱爭辯的結晶
我在流體和固體中輾轉

我在溽暑中
氣化

【按】原名〈凝〉，出自詩集《意象風景》，二〇二三年改寫。
改寫後，刊登於《人間魚詩生活誌》第十五期。

聆聽夜曲的心事

天花板的光兀自亮著，映照
牆上畫中人
聆聽夜曲的心事
並非耳聾
只是在一次管弦交響中
你我都譜錯了曲
有些音符滾進了塵埃
我們卻不知
休止符並非休止

而當銅管變成朱紅的旗幟

木管的尾音如流雲
我們已是
不曾著墨的
留白

【按】原名〈聽〉，出自詩集《意象風景》，二〇二三年改寫。
改寫後，刊登於二〇二三年十月《從容文學》第三十五期。

寫下如今

浮動的，沉澱給
漂白的纖維
散裝的思慮
拼湊成紙上的紋理
筆尖刺痛回顧的眼神
仍然繼續勾畫
未成形的事件

一切都不是偶然
還記得飛散的鉛筆屑嗎？
還記得狼毫筆下的墨漬嗎？

在撕碎的紙張上
寫下如今
已成鉛印的拼圖

【按】原名〈寫〉，出自詩集《意象風景》，二〇二二年改寫。
改寫後，刊登於二〇二三年十二月《野薑花詩集季刊》第四十七期。

鞋子

在機器的牙縫裡
決定命數
各種體態
隨著運氣
在人的腳下過活
為了蛇蠍的欲望
荊棘穿孔
為了一個濫情的場景
曾經豪邁地
踢起汙濁的水花
但不能成眠

因為所有治香港腳的藥膏
都無效

【按】原名〈鞋〉，出自詩集《意象風景》，二〇二二年改寫。
改寫後，刊登於二〇二三年《人間魚詩生活誌》第十五期。

襪子

注定要聞香港腳的布
曲折成形後
每天在兩個界面的夾縫中
求生存
自從在足下
感知主人海島型的
情感風暴後
它再也無法奢望
在洗衣機內
洗一次澡
直至全身發癢

它才在感染的病毒中
結束一生

【按】原名〈襪〉，出自詩集《意象風景》，二〇二一年改寫。
改寫後，刊登於二〇二三年《人間魚詩生活誌》第十五期。

撐傘

撐出來的黑
遮去天空的灰
雨應景而下
也許是為了一場顛倒的是非
我們再也不能
展望原始的
白

街道的黑點
湧動成河
城市慢慢陷落

我們不曾淹死
只是灰頭土臉
看著黑白辯證的過程中
強風讓雨傘
一一開展
如花

【按】原名〈傘〉，出自詩集《意象風景》，二〇一二年改寫。
改寫後，發表於二〇一三年六月十九日「Facebook 詩論壇」。

落幕時候

我的降臨
是燈光熄滅的前奏
幕後，急行的腳步
把朋友和敵人
全部趕進同一個車程
為了另一個城鎮的演出

而我是另一場戲的觀眾
首先是掛鐘的獨白
接著是一群老鼠
為了餅乾屑而武鬥

有一隻固執地
在瓜子殼裡找果肉
這些重複的暴力
漸漸引起睡意
直到遲來的蟑螂
在我的身上
咬一口

【按】原名〈幕〉，出自詩集《意象風景》，二〇二二年改寫。
改寫後，刊登於二〇二三年四月十九日《中國時報》人間副刊。

別著塑膠蝴蝶的頭髮

別著塑膠蝴蝶的頭髮
不再為風而舞
不再為任何動人的場景
撩動媚人的姿勢
直到一個激情的場合
當床吸引赤裸的肉身
長髮崩散如瀑布
順手揮別

那一隻
永不下蛋的蝴蝶

【按】原名〈髮〉，出自詩集《意象風景》，二〇二二年改寫。
改寫後，刊登於二〇二三年《人間魚詩生活誌》第十五期。

手上的香火

廟前，有人以骰子賭掉了一生
有人把賭來的聲名
鐫刻在石柱上

而我們只做一些
背離地心的工作
深入樹蔭的那條龍
自從變了節氣後
已作勢要飛
伸入地底的五爪
已不能撐得太久

遲來的鳥糞
不經心撞擊銅鐘
紙張未及燃燒
暮鼓已聲聲
催促落日
我倆的腳步
盡其拉長石階上的影子
一切，只等手上的香火
升騰

【按】原名〈廟〉，出自詩集《意象風景》，二〇二三年改寫。改寫後，刊登於二〇二二年《人間魚詩生活誌》第十五期。

眉宇間倉皇的尾音

清脆的鳥鳴
在聽者的腦海裡
喚起晨光
一束光包紮在
開低走高的音調下
抹平那片崎嶇的山水
那一條馬路筆直飛奔
忘了窟窿

但我所閱讀的是
語言包裹的黑暗

路忘了出口
更忘了來頭
在說的比唱的好聽的掩護下
我聽到
你眉宇間
倉皇的尾音

【按】原名〈朗讀〉，出自詩集《意象風景》，二〇二三年改寫。
改寫後，刊登於二〇二三年六月三十日《人間福報》副刊。

心能釀造醉人的祕密嗎？

心能釀造醉人的祕密嗎？
濃度介於發酵與蒸餾之間
能解酒的
是一場噴洩的口沫
或是幾團信紙
或是一頓拳打腳踢

當霓虹燈在晨光隱退
在鏡中
看到悠然醒轉的面目
才知道所釀造的

再不能醉人
更不成祕密

【按】原名〈祕密〉，出自詩集《意象風景》，二〇二三年改寫。
改寫後，刊登於二〇二三年十月《從容文學》第三十五期。

祕密

未成熟就落地的
土芒果，在皮膚上
留下一點
和麻雀共享的祕密

不知情的我
將這段隱情
埋在地下
晨起，一隻麻雀
注視成群的螞蟻
在地上探尋祕密

日子轉述的
大都平淡無奇
只是更多的雀鳥
在網上掙扎
更多的螞蟻
在我的皮膚上
撩撥晨昏變化的情緒

直到有一天
芒果的液汁被吸盡
而纖維在牙縫裡
張羅祕密

【按】原詩〈祕密〉，出自詩集《意象風景》，二〇二二年改寫。改寫後，刊登於二〇二三年《人間魚詩生活誌》第十五期。

流浪貓

難得有一根老鼠的殘骸
剔除齒垢
一對碧綠的眼珠
對著黑暗警戒
以飢餓到飽食
計算季節的速度
以撕裂的力度
報復今生的命運

而當牆上的花草
在節氣中復甦

當一陣風
將香氣送入口鼻
乾癟的肚皮仍然鼓盪著
叫春

【按】原名〈野貓〉，出自詩集《意象風景》，二〇二三年改寫。
改寫後，刊登於《創世紀詩雜誌》第二一四期，二〇二三年春季號。

眺望遠方

我頂著天空的行雲
和撩起寒意的青色山頭
遠方是幾幢穿戴紅瓦的大樓
據說裡面的典籍已空
再遠方是一條河
據說河裡沉澱的
汽水瓶，空罐子
裝了許多年前遺失的
龍種——還沒發芽

再遠方

是滿山繁華的墳墓
山上有陽光有雨的時候
你是山頭上縈繞的
雲煙

【按】原名〈遠望〉，出自詩集《意象風景》，二〇二二年改寫。
改寫後，刊登於二〇二三年十月《從容文學》第三十五期。

有鳥飛過

一度在空中翱翔的候鳥
未及辨明季節的脾氣
已在烤架上過冬
一度搬弄春夏秋冬的口舌
還在冷風中嗅聞
歷史的騷味
城市的輪子追逐陽光
高崗上
黃昏的雲霧
已靜靜地將訊息

傳給山谷裡的羊群
有鳥飛過

【按】原名〈訊息〉，出自詩集《意象風景》，二〇二一年改寫。
改寫後，刊登於二〇二三年《人間魚詩生活誌》第十五期。

歷史嗡嗡作響

我們以鮮紅的果汁
塗裝身心的各種創傷
來招引時間的過客
那一個忘了賀辭的年歲
在甬道裡轟隆
刻意掩飾記憶
是否有一條肥胖的蛀蟲
咬出梁柱肉身裡
虛空的祕密
腳步輕踩
唯恐足下的回音

驚醒許多耳目
和難以意會的表情
在閃動的光影下
我們看到
遠方的駝商
將面對吞滅足跡的風沙
在烈日下
在綠洲邊緣
歷史嗡嗡作響

【按】原名〈來臨〉，出自詩集《意象風景》，二〇二三年改寫。
改寫後，刊登於二〇一二年十二月《創世紀詩雜誌》第二一七期。

江邊惜別

揮手之際
我們猶如橫行的螃蟹
以螯齒的銳利
剪斷一切心路歷程
和一切用笑聲拼湊的風景

我們不能再為記憶傾洩濫情
水悄悄地流經戰火和荒年
當我們問山的身世
山只站在水之湄

默默地俯看我們的過去
從帆影到綿綿的油煙

【按】原名〈揮別〉，出自詩集《意象風景》，二〇二三年改寫。
改寫後，刊登於二〇二三年十月《乾坤詩刊》第一〇八期。

蟬叫醒夏時

蟬叫醒夏時
正是雲揮別山頭的時刻
日子從彩雲的天邊滾落
有一些傷痕
日曆不能記載
來去的規矩
是預期應有的變奏
一切將是
知了知了的言談

從百葉窗的間隙

窺視時光如何變臉
你可曾慫恿陽光
滲入我的斗室
為我驅除書頁上
經典的霉味？
為我黏滯的記憶
消毒？

【按】原名〈之後〉，出自詩集《意象風景》，二〇二三年改寫。改寫後，發表於二〇二三年六月二十七日Facebook詩論壇，刊登於二〇二三年十二月《吹鼓吹詩論壇》第五十五號。

這些泥塑的兵馬

歷史賦予土地不應有的顏色
這些林木都曾經有些姿態
不為風月搖擺
不為碑石上的文字
留下神話
只是有人為了死後
自身一堆零散的白骨
縱火焚燒語言
大火延燒
數千年後
這些泥塑的兵馬

又站了起來
以時間的表情
看著不合時代的人群
夾帶一些土石的冰冷

【按】原名〈復活〉，出自詩集《意象風景》，二〇二三年改寫。改寫後，刊登於二〇二三年《人間魚詩生活誌》第十五期。

等待黑夜

光線在蜘蛛網裡
等待黑夜的蠶食
踏上胸口的是
黃昏的色彩，伴隨著
起伏的呼吸
和已難返復的時光
一切都將破裂
如腳下發亮的地板磁磚
面對牆壁逐日擴大的孔隙
記憶猶如一張黃紙
濕氣吞噬既有的文字

旋律成風
在牆縫裡吹奏
能再為相簿收集一些笑容嗎？
能再為日漸高漲的水溝
填塞一些浪漫的雨景嗎？

【按】原名〈晚歌〉，出自詩集《意象風景》，二〇二二年改寫。
改寫後，刊登於二〇二三年《人間魚詩生活誌》第十五期。

湖收集水的波紋

湖收集水的波紋
山影潛伏，試圖探索
湖底的深度思維
我們的倒影
夾帶引擎的聲響
追逐清冷的冬日

浪花難以書寫完整的心事
水珠無止盡的辯證
盡是人事的疑問
遠方岸邊
那一棟房子上面隨風飄搖的旗子

不知道我們將在湖上
決定它的命運

可是翻開經書
我的罪惡
塗滿一張一張的紙
紙是光滑的鏡子
文字反光
映照我隨著分秒變形的臉
我要再增加業障
還是把一切
交給滿臉皺紋的湖水

【按】原名〈心事〉，出自詩集《意象風景》，二〇二三年改寫。改寫後，刊登於二〇二三年十月《從容文學》第三十五期。

攤開信紙

攤開信紙
你寒暖合流地
走到我面前
數數多少空氣
為你的訊息而波動了起來
這些都不是窗前的古董
可以盛裝

承諾的重量
也不是多貼幾張郵票
就可以負荷
擁擠的行距

並非填鴨式的記憶
歪斜的字體
走過一張一張的信紙
表白難道只是墨水的心意？

若是過去心不可得
晨昏的次序仍然不變
當文字總結時光
所謂的現在
就是一筆一筆地刻劃
然後填滿
虛空的未來

【按】原名〈讀信〉，出自詩集《意象風景》，二〇二三年改寫。

泛黃的書信

只有距離
讓我看到蜘蛛網下
昔日的你
暗藏多少苦澀的笑聲
為何當時
欠缺一盞明亮的燭火
照亮你駁雜的心境？
日子無語，沉澱成
頁頁難以收尾的書信
而今展讀
你已跨越時空的界線

回首仍然蕩漾著波光
譜寫成曲
盡是綿綿不絕的休止符
桌上是累積的塵埃
窗外
鳥聲隨意抖落幾許
春寒

【按】原名〈舊信〉，出自詩集《意象風景》，二〇二三年改寫。
改寫後，刊登於二〇二三年四月七日《中華日報》副刊。

你在橋上側立

你在橋上側立，靜靜等待
我轟隆而過
鐵欄的數目抵不過速度
你的臉孔只是速寫
過後將在記憶裡留給雲煙
雖說你我共同一種血液
我們足下的黃河
已忘記原始的清澈
許多名姓堆積成
氾濫後的兩岸
沉澱的，不是

那些乾涸的水澤
也非旗幟上的圖騰
你可以選擇任何一岸
作為歸程
但你只是朦朧中的一點
現在，占據我瞳孔的是
僕僕風塵的落日

【按】原名〈過橋〉，出自詩集《爆竹翻臉》，二〇二二年改寫。
改寫後，刊登於二〇二二年六月《野薑花詩集季刊》第四十一期。

夜給街燈眼睛和影子

夜給街燈眼睛和影子
影子拉長，到角落摸索途徑
而路，自從在沙漠迷失
就一直探尋斷斷續續的水聲
它在一個燭影搖紅的窗口
停住，為了
一張老舊的唱片

唱片雜音中
冒出一張張
酒精泡浸過的臉

他們一一撿起
街燈掉落地上的眼睛
沿著星光流洩出來的水聲
從今夜走到
昨日的晨光

【按】原名〈夜景〉，出自詩集《爆竹翻臉》，二〇二二年改寫。
改寫後，刊登於二〇二二年八月一日《自由時報》副刊。

樓梯迴旋中的妳

妳的迴旋成為
我鳥瞰的焦點
這語言構築的迴廊
要費多少心機
才能摸索到妳的影子？
妳忽隱忽現，一再下遁
只為逃避過去的烙記？
還是在躲避自己的身影？
我要站在這一端
看妳邁向出口，而讓
尾音在狹小的通道

串接兩頭？
或是也讓自己追隨妳
昏頭轉向？

【按】原名〈迴旋〉，出自詩集《爆竹翻臉》，二〇二一年改寫。

馬桶

從人下體的壓迫中
得到溫暖
人總在飽受怨氣後
在我身上抒解
有時晨報攤開
劈里啪啦，一道
急瀉的新聞
全落在我身上
有時汗珠圍攻那個光溜溜的
額頭，大概
今晨人世有些管道不通

有時笑意爬滿唇角
藉著這隔離的空間
輕聲細語地對著手機
和我溫存一些
浪漫的故事

但我總以聲音洩露祕密
離去的剎那，那人常抱怨：
連上小號，你也小題大作
是不是要換個品牌
你才會裝聾作啞？

【按】原詩〈馬桶〉，出自詩集《爆竹翻臉》，二〇〇二年改寫。改寫後，刊登於二〇〇三年十月《從容文學》第二十五期。

風言風語

為了避開你的評頭論足
我將自己昏頭轉向的形容
在一只手巾上
嘔吐

秋去的時候
你想迎風晾乾
我的餘韻
怎知那條手巾
總是不乾

春來的時候
你期待
候鳥為我們
演唱潦草的心事
只是牠們
日以繼夜地
隨著人間的疫情
風言風語

【按】原名〈醉〉，出自詩集《爆竹翻臉》，二〇二二年改寫。
改寫後，刊登於二〇二二年八月十八日《中國時報》人間副刊。

十字路口

你在十字路口
玩弄紅綠燈的脾氣
一時斷電的符號
引發兩輪對四輪的抗爭
一個交通警察
以綁縛著白布的手臂
指揮風的轉向
而你口舌縱慾，我如何
逃出你的奔流？

你留下一些話

讓我的視野泛黃
這午間城市的靜寂
又是一場矯飾
一些藉口
可為單薄的午餐佐料
而所謂臆度，僅止於
柴米油鹽，這一切
有帳可查
去處可不容易轉譯成
阿拉伯數字
尤其尾數是0或1，給我
極大的困惑
你走後，在同性或異性的

十字路口，我不知
你可曾迷失？

【按】原名〈妻的疑問〉，出自詩集《爆竹翻臉》，二〇二二年改寫。

悲欣交集

一道強光
瞬間給你帶來黑暗
周遭所有的眼睛
經歷了單調的一天後
都瞬間得到滋養
所謂新聞就是
以你地上扭動的軀體
去滾動幾個唇舌

漸漸光影
驅動白日走回應行的軌道

額外的驚喜原來是一片浮雲
所有人都收回自己的影子
只留下一灘血
見證言語即將沉寂的水花
沒人再談論
在輪胎底下身心剝離的你
是否到另一個胎裡成形

微風拂面
離開人間的紅綠燈後
整個虛空
是我的無生道場
擺脫記憶的糾纏

我已經不再追隨
晨曦與落日的
輪迴

【按】原名〈事件 I〉，出自詩集《爆竹翻臉》，二〇二二年改寫。
改寫後，刊登於二〇二三年十月《從容文學》第三十五期。

銅像邊垃圾的獨白

你修長的影子
造就你頎碩的身材
我是你影子裡的
一團泥漿，包容
堅強的意圖和
細菌

每日，當清晨
在你身邊將我拋棄
我就想起
那個在斑馬線上

遺失一條大腿的盲人
他以血水攪拌慾望
看不見你陽光耀眼下的手勢
正指揮一曲少女的祈禱
竟咒罵我一身的腐臭無以
治癒他的創傷

【按】原名〈銅像邊的獨白〉，出自詩集《爆竹翻臉》，二〇二三年改寫。改寫後，刊登於二〇二三年十月《從容文學》第三十五期。

有關狐仙的傳說

假如你願意為詩作
留下傷痕
有關島國季節性的面貌
就不能盡信秋天片面的言辭
雖然隨風而起的沙塵
曾經在你的肌膚上
起了雞皮疙瘩

有關星辰
孕育胚胎的耳語
詩行找不到韻腳

思想是否跛足
要看殘餘的綠洲
能為圈選的騷人墨客
提供多少唾液

有關夕陽是否曾經
為那朵烏雲添加了色彩
閃電與雷鳴都無法作證
只能翻閱典籍
有關狐仙的傳說

【按】原名〈詩說〉，出自詩集《放逐與口水的年代》，二〇二一年改寫。改寫後，刊登於二〇二二年一月十七日《聯合報》副刊。

大地晨光

豪雨過後
我在暴漲的溪水裡
醃製昨日的夢境
一部停止心跳的休旅車
在巷口等待綠燈
一隻受傷的黑貓
眼睜睜地看著鼠輩橫行
一隻濕淋淋的鴿子
努力拍打翅膀
去尋找天色

路的盡頭是
一條臨時起意的河流
水中浮沉的書桌上
一隻公雞已經以啼聲
喚醒晨曦
豬群在水中競技，加速
逃離屠宰場設定的命運
一個年輕的學子
在五樓公寓頂端
對著水中探頭探腦的太陽
讚嘆
錦繡河山

【按】原名〈豪雨過後〉，出自詩集《放逐與口水的年代》，二〇二一年改寫。改寫後，刊登於二〇二一年十一月二十二日《人間福報》副刊。

醒之邊緣

有人乘著微風滲入夢境
流水圍繞一雙漂浮破損的草鞋
遠方的山鐘留下半響
讓秋蟬延續
鼓漲的蛙鳴面對流星雨
不再虛張聲勢
白日的殘夢
等待失眠者無意的甦醒
去揣度
明日晨報的情節：

昨日的星辰被軍機沾汙了
空中的線條是隱約的證據
預言未來
鏗鏘有聲的歲月

【按】原詩〈醒之邊緣〉，出自詩集《放逐與口水的年代》，二〇二一年改寫。
改寫後，發表於二〇二一年十一月十六日Facebook 詩論壇，刊登於二〇二二年三月《吹鼓吹詩論壇》。

假如妳是浮雲

假如妳是浮雲
妳要在哪裡的天邊停靠？
注意風善變的脾氣
也許妳永遠找不到歸宿
因為妳遺失了燕子的身影
也誤解了
閃電的表情

我是爬上幾千公尺高山的樹
為了向妳招手
我的守候

使天色蒼茫、野草動容
但妳經常誤會
以為我揮動蒼白的手臂
是為了撩撥
日月星辰

假如妳錯失心靈的驛站
誰能在天空鋪設一條鐵道
讓妳不會出軌？

【按】原名〈向妳招手〉，出自詩集《放逐與口水的年代》，二〇二三年改寫。改寫後，刊登於二〇二三年九月二十日《中華日報》副刊。

附錄——

簡政珍簡歷／寫作年表

一九五〇年　農曆六月十六日生於臺灣省臺北縣金瓜石。
一九五六年　進入金瓜石瓜山國民小學。
一九六二年　進入金瓜石時雨中學。
一九六五年　進入八堵基隆中學高中部。
一九六八年　進入國立政治大學西洋語文學系。
一九七一年　開始寫詩，大都未發表。
一九七二年　第一名考進國立臺灣大學外文研究所。
一九七五年　獲臺大英美文學碩士，論文：*Emerson's Dialectical Style*（愛默生的辯證文體）。
一九七六年　軍中服役，擔任空軍官校英文教官。
一九七七年　退役。任大同工學院英文組講師。
一九七九年　進入美國奧斯汀德州大學比較文學博士班。
一九八二年　獲奧斯汀德州大學英美比較文學博士，論文 *The Exile Motif in Modern Chinese Literature in Taiwan*（臺灣現代文學中的放逐母題）獲該校博士論文獎。
八月，任國立中興大學外文系副教授。
一九八五年　英文論著 *The Reader in the Blanks*（空隙中的讀者）出版。
八月，任中興大學外文系主任。
一九八七年　七月，加入創世紀詩社。
一九八八年　三月，詩集《季節過後》由漢光文化出版公司出版。

九月，詩集《紙上風雲》由書林出版公司出版。

一九八九年　一月，英文文論 *Language, Consciousness, Reading*（語言．意識．閱讀）出版。

三月，*Language, Consciousness, Reading* 中文版《語言與文學空間》由漢光文化出版公司出版。

五月，詩集《季節過後》獲中國文藝協會詩創作獎；《語言與文學空間》進入《聯合報》「質」的排行榜。

七月，《紙上風雲》獲《聯合文學》提名為詩集類年度好書。

八月，升任國立中興大學外文系教授。

十一月，獲《創世紀》詩社三十五週年詩創作獎。

一九九〇年　六月，長詩〈歷史的騷味〉刊登於《中外文學》第二一七期。

七月，詩集《爆竹翻臉》由尚書文化出版。

十月，和林燿德共同主編的《新世代詩人大系》由書林出版公司出版。

十二月，詩集《爆竹翻臉》及所策畫的「尚書詩典」獲新聞局金鼎獎。

十二月，詩集《歷史的騷味》由尚書文化出版。

一九九一年　一月至三月，詩集《歷史的騷味》連上三個月《聯合報》「質」的排行榜。

五月，詩集《歷史的騷味》被《明道文藝》選為歷年來新詩類十四本「必讀好書」之一。

八月，長詩〈浮生紀事〉刊登於《中外文學》第二三一期。

九月，詩論集《詩的瞬間狂喜》由時報文化事業公司出版。

一月至三月，詩論集《詩的瞬間狂喜》連上三個月《聯合報》「質」的排行榜。

一九九二年　一月，任《創世紀詩刊》主編。

九月，詩集《浮生紀事》由九歌出版社出版。

一九九三年　五月，《電影閱讀美學》由書林出版公司出版。

五月，主編《當代台灣文學評論大系文學理論卷》，由正中書局出版。

七月，湯玉琦的碩士論文《詩人的自我與外在世界：論洛夫、余光中、簡政珍的詩語言》發表。

一九九四年　五月，詩及詩論精選集《詩國光影》由大陸廣州花城出版社出版。

九月，和瘂弦共同主編《創世紀四十週年紀念評論卷》。

一九九六年　十月，獲選為《創世紀詩雜誌》封面／專號詩人。

一九九七年　五月，第七本詩集《意象風景》由臺中市文化中心出版。

一九九八年　十月，主編《新世代詩人精選集》由書林出版公司出版。

一九九九年　二月，長詩〈失樂園〉刊登於《聯合文學》。

十二月，詩論集《詩心與詩學》由書林出版公司出版。

二〇〇二年　三月，《電影閱讀美學》增訂版由書林出版公司出版。

六月，《簡政珍短詩選》（中英文對照本）由香港銀河出版社出版。

二〇〇三年　五月，第八本詩集《失樂園》由九歌出版社出版。

十一月，由博士論文改寫的《放逐詩學——台灣放逐文學初探》由聯合文學出版社出版。

二〇〇四年　一月，從中興大學外文系退休。
二月，任逢甲大學外文系教授。
三月，《音樂的美學風景》由揚智文化事業公司出版。
三月，長詩〈流水的歷史是雲的責任〉刊登於創世紀詩雜誌。
七月，《台灣現代詩美學》由揚智文化事業公司出版。
十月，長詩〈放逐與口水的年代〉刊登於創世紀詩雜誌。
二〇〇五年　七月，楊智鈞的碩士論文《敞亮存有的詩性——簡政珍詩研究》發表。
八月，任亞洲大學文理學院院長。
八月，廖悅琳的碩士論文《語言．意象．詩美學——簡政珍現代詩研究》發表。
二〇〇六年　六月，《電影閱讀美學》增訂三版由書林出版公司出版。
六月，宋螢昇的碩士論文《出入人生：詩與現實的磨合，以簡政珍、羅智成、陳克華為中心》發表。
十月，詩集《當鬧鐘與夢約會》由北京作家出版社出版。
十二月，詩論集《當代詩與後現代的雙重視野》由北京作家出版社出版。
二〇〇七年　三月八日至十一日，「兩岸中生代詩歌國際高層論壇暨簡政珍作品研討會」在北京師範大學珠海分校舉行。
六月，吳鑒益的碩士論文《現代詩從物象到意象的藝術——以簡政珍詩作為主》發表。
七月，張期達的碩士論文《不相稱的美學——以洛夫、簡政珍、陳克華詩語言為例》

發表。

八月，王正良的博士論文《戰後台灣現代詩論研究》發表，其中第六章〈簡政珍詩論：意象思維〉專論簡政珍的詩論。

八月，轉任亞洲大學人文社會學院院長。

十二月七日，離開創世紀詩社。

二〇〇八年　一月，獲文津版《台灣當代新詩史》稱為「中堅代翹楚」。

九月，詩集《放逐與口水的年代》由書林出版公司出版。

二〇〇九年　六月，黃祺雅的碩士論文《中文字在全像立體影像中辨識度研究》發表，其中第四章〈視覺詩應用立體全像媒材創作計畫〉集中以簡政珍的詩例論述。

十二月，由大陸張銘遠與傅天虹主編的《漢語新詩百年版圖上的中生代》大陸作家出版社出版，除有關中生代的論述外，並收錄論述簡政珍作品的論文二十餘篇。

二〇一〇年　三月，詩集《因緣此生——意象與印象的約會》由亞洲大學三品書院出版，是詩作搭配法國名雕塑家竇加（Edgar Degas, 1834-1917）七十四件雕塑品的合集。

五月，散文集《我們有如燭火》由聯合文學出版社出版。

六月，由吳思敬、簡政珍、傅天虹主編的《兩岸四地中生代詩選》由大陸作家出版社出版。這是華文界第一部兩岸中生代詩選。

六月，閔秋英的博士論文《台灣放逐詩歌與詩學 1895-1987 年》發表，其中第七章〈放逐的年代——時空與存有的辯證〉專論簡政珍的詩作。

二〇一一年　一月，由文建會策劃，臺灣文學發展基金會編製的「經典解碼〈文學作品讀法系列〉共十三冊出版，由十八位外文系學者撰寫，簡政珍負責撰寫第七冊《讀者反應閱讀法》與第八冊《解構閱讀法》。

二〇一二年　八月，卸任亞洲大學人文社會學院院長，改聘為亞洲大學外文系講座教授。

五月，詩選集《所謂情詩》由「釀出版」出版。

二〇一三年　七月，《第三種觀眾的電影閱讀》由書林出版公司出版。

二〇一四年　一月，《台灣現代詩美學》簡體版由北京大學出版社出版。

二〇一六年　九月，《楞嚴經難句譯釋》由和裕出版社出版。

二〇一七年　二月，《楞嚴經難句譯釋》增訂版由和裕出版社出版。

二〇一八年　一月，《苦澀的笑聲》由陝西人民教育出版社出版。

四月，應邀到法鼓山文理學院佛教系演講「楞嚴經的思辯與文采——經文的空隙與閱讀」。

十二月，《楞嚴經難句譯釋》修訂版由佛陀教育基金出版。

二〇一九年　六月，《人佛頂首楞嚴經》（全新標點斷句版，簡政珍標注），由佛陀教育基金會出版。

十月，獲聯經版《台灣現代詩史》選為焦點詩人。整部百年詩史共選七位焦點詩人，其他六人是：洛夫、余光中、羅門、楊牧、陳義芝、李進文。

二〇二〇年　七月，詩集《臉書》由書林出版公司出版。

二〇二三年　二月，《電影閱讀美學》增訂四版由書林出版公司出版。
十月，獲選為《兩岸詩》雜誌封面詩人。
十二月，《台灣現代詩美學》增訂版由書林出版公司出版。
二〇二四年　一月，詩集《變臉詩》由聯合文學出版社出版。

聯合文叢 737

變臉詩

作　　者／簡政珍
發 行 人／張寶琴
總 編 輯／周昭翡
主　　編／蕭仁豪
編　　輯／林劭璜　王譽潤
資深美編／戴榮芝
業務部總經理／李文吉
發行助理／林昇儒
財 務 部／趙玉瑩　韋秀英
人事行政組／李懷瑩
版權管理／蕭仁豪
法律顧問／理律法律事務所
陳長文律師、蔣大中律師
出 版 者／聯合文學出版社股份有限公司
地　　址／(110)臺北市基隆路一段 178 號 10 樓
電　　話／(02)27666759 轉 5107
傳　　真／(02)27567914
郵撥帳號／ 17623526 聯合文學出版社股份有限公司
登 記 證／行政院新聞局局版臺業字第 6109 號
網　　址／http://unitas.udngroup.com.tw
E-mail:unitas@udngroup.com.tw
印 刷 廠／約書亞創藝有限公司
總　　經　　銷／聯合發行股份有限公司
地　　址／(231)新北市新店區寶橋路235巷6弄6號2樓
電　　話／(02)29178022

出版日期／ 2024 年 1 月　初版
定　　價／ 380 元

ISBN 978-986-323-587-3（平裝）

國家圖書館出版品預行編目資料

變臉詩 / 簡政珍著 . -- 初版 . -- 臺北市 :
聯合文學出版社股份有限公司 , 2024.01
232 面 ; 14.8×21 公分 . -- （聯合文叢；737）

ISBN 978-986-323-587-3（平裝）

863.51　　112022935